MONTMARTRE

LES ORIGINES DE L'UNIVERSELLE ARCHITECTURE

II. — JUSQU'AU SEUIL DU SANCTUAIRE

PAR

CLAUDE-CHARLES CHARAUX

Professeur de Philosophie à la Faculté des Lettres.

GRENOBLE

1894

MONTMARTRE

I. — LES ORIGINES DE L'UNIVERSELLE ARCHITECTURE

II. — JUSQU'AU SEUIL DU SANCTUAIRE

PAR

Claude-Charles CHARAUX

Professeur de Philosophie à la Faculté des Lettres.

GRENOBLE

—

1894

—

Tous droits réservés.

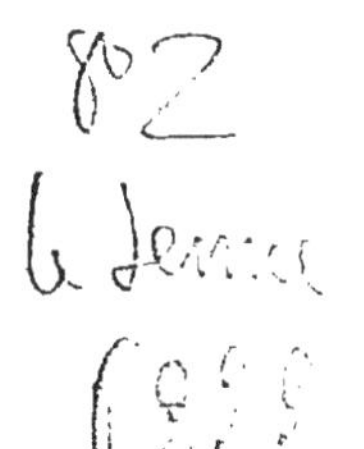

Grenoble, imprimerie F. ALLIER PÈRE ET FILS,
Cours Saint-André 26.

I

LES ORIGINES

DE

L'UNIVERSELLE ARCHITECTURE

~≪◇◇◇≫~

L'entretien du docteur et de son ami a lieu devant le portail de l'église du *Vœu national*, à Montmartre.

— Assurément voilà qui est beau, magnifique, imposant, et si ces épithètes ne conviennent pas encore, dans l'extrême rigueur, à l'édifice en l'état où nous le voyons, elles ne seront pas de trop, quand celui-ci aura reçu, avec le dôme dont j'aperçois les premières assises, sa dernière parure et son couronnement. Je souscris donc, mon cher ami, à tous vos éloges; j'y ajouterai même tous ceux que mérite, au-dessous de l'œuvre qui se voit celle qui ne se voit pas et qui dérobe sous nos pieds, dans les profondeurs du Mont des martyrs, sa grandeur souterraine, tous ceux encore qui sont dus à la persévérance, à l'inébranlable confiance des promoteurs, au talent des architectes, à la foi, à la générosité du peuple chrétien : permettez-moi cependant une simple question. Est-ce que cette générosité louable, admirable, inépuisable, — j'accumule en sa faveur toutes les épithètes, — ne pouvait pas trouver un meilleur emploi de ses largesses? Fallait-il enfouir dans le sol où ils ne profitent à personne, dépenser à construire des dômes, des colonnes, des tours et des tourelles comme le monde en est plein déjà, ces trésors réclamés par des besoins plus urgents? N'avez-vous pas assez de cathédrales? Avez-vous assez d'écoles? J'entends dire que, dans un pays voisin du nôtre, un illustre cardinal a refusé de recevoir les riches offrandes qu'on destinait à l'érection d'une basilique métropolitaine, tant que la plus petite, la plus humble paroisse de son diocèse n'aurait pas son école à elle, avec le traitement assuré de ses maîtres.

— Rien n'est plus vrai, cher docteur, et telle est bien la réponse du Cardinal Manning à ses généreux diocésains.

— En êtes-vous là? Pourriez-vous affirmer qu'à Paris seulement toutes vos paroisses sont pourvues? J'irai plus loin et me permets de vous découvrir toute ma pensée. D'où vient (c'est la question que je me suis posée bien des fois) au clergé, au peuple chrétien, cette passion de bâtir qui s'est emparée de lui dès les premiers siècles de l'Église, quand à peine elle sortait des catacombes? Elle nous a valu, je le sais, d'incomparables cathédrales, des monuments où le génie de l'homme s'est révélé dans toute sa puissance, où la délicatesse rivalise avec la force, la grâce avec la beauté, la perfection des détails avec celle de l'ensemble, des chefs-d'œuvre de l'art de bâtir où tous les arts se sont donné rendez-vous. Mais ce qui convenait à ces âges d'une foi intacte et universelle est-il à propos dans un siècle où la foi qui languit a plus besoin d'écoles que de nouvelles églises, où l'Église, elle-même affaiblie, persécutée, n'a pas trop de toutes ses ressources pour se défendre, et bientôt peut-être pour nourrir ses prêtres? Voyez comme les protestants sont plus pratiques, — c'est le terme à la mode, bien que je le goûte peu, — comme ils ont fait en général, et font encore peu de frais pour leurs églises, comme ils dépensent à propos leur argent!

— C'est que nous avons gardé, cher docteur, ce qu'ils ont eu le malheur de perdre. Dans nos églises habite le Dieu trois fois saint, et le Verbe incarné y parle directement aux âmes dont il veut bien devenir l'aliment. Est-ce trop, dites-moi, pour les bâtir et les orner, de toutes les ressources de la nature et de l'art?

— Soit, soit; je n'y contredis pas, mais, en attendant, mon avis, voyez-vous, c'est qu'en tout cela les architectes tiennent plus de place que vous ne croyez et que, si la foi des peuples suffit encore à payer les frais, c'est d'eux que vient souvent la première impulsion; c'est à eux que retourne le plus clair du profit, sans parler de l'honneur auquel je conviens qu'ils ne sont pas insensibles. Croyez-moi, le *tant pour cent,* appelons les choses par leur nom, est pour beaucoup dans ces entreprises. C'est l'esprit du siècle, c'est sa tendance irrésistible; l'Église qui n'est pas sa complice est assurément sa victime. Vous verrez où vous entraînera ce *tant pour cent,* dans quels frais accessoires il vous noiera, à quels excès il vous conduira, si vous n'y prenez garde et n'y veillez de très près. Ah! je vous connais, je vous sais par cœur, Messieurs les architectes!

— Auriez-vous eu, par hasard, docteur, quelques démêlés avec eux? Vous ont-ils fait tort?

— Pas le moins du monde, mais enfin, dans l'intérêt même de la vérité.....

— Eh bien! dans l'intérêt même de la vérité, n'en dites pas de mal.

— Et pourquoi, je vous prie?

— Parce que le monde est plein d'architectes et que, le *tant pour cent* mis à part, vous et moi nous sommes, comme tous les autres, des architectes.

— Je voudrais bien savoir, par exemple, à part une petite maison aux environs d'Orsay et une autre guère plus grande à Versailles, ce que j'ai jamais bâti.

— Maisonnette ou maison, modeste demeure ou splendide hôtel ne sont rien auprès de l'édifice que vous élevez avec une patience infatigable, avec un amour de votre œuvre qui surpasse tout autre amour. Vous seriez désolé de n'y ajouter point chaque jour au moins une pierre.

— Et quel édifice, s'il vous plaît?

— Celui de votre vie publique et privée dont vous avez jeté les premiers fondements aux jours de votre enfance, dont vous avez choisi, taillé, poli les matériaux sur les bancs du collège, dressé les plans entre dix-huit et vingt-cinq ans, édifice qui, par vos soins diligents, ne cesse de s'élever, d'année en année, un peu plus haut, et dont vous espérez bien, si rien de fâcheux ne survient, poser le faîte et admirer le couronnement. Je ne parle point des détails de la construction modifiés plusieurs fois par les exigences des temps, celles des ouvriers, par le prix des matériaux, les caprices de la mode, les vicissitudes du goût, le progrès des sciences.

Heureux celui qui n'a bâti, pour s'y abriter lui et les siens, pour y vivre et pour y mourir, qu'une seule maison, celle dont il avait, dans sa jeunesse, tracé le plan conforme à la modestie de ses premiers désirs! Heureux celui dont on n'a pas miné puis renversé la demeure où il se plaisait, où il avait vécu de longues années, et qui n'a pas été contraint de bâtir à nouveau, quelquefois même sur un sol étranger, à l'âge où le goût et les forces manquent pour bien bâtir! Malheureux, bien qu'il ne l'avoue pas, celui qui n'a cessé de remplacer les unes par les autres, de construire, pour les renverser lui-même, des demeures de plus en plus magnifiques, mais toujours au-dessous de son ambition, et dont ni la paix, ni le bonheur n'ont jamais franchi le seuil.

Oui, tous, et j'espère que vous en tomberez d'accord avec moi, nous sommes de vrais architectes, habiles ou maladroits, bien ou mal inspirés dans nos plans, édifiant des maisonnettes ou des palais, et quand nous ne pouvons faire mieux, bâtissant tout au moins des châteaux en Espagne, et appelant au secours de la réalité qui se dérobe le rêve et ses inépuisables complaisances. Je ne parle même pas de ceux qui, mécontents de la demeure qu'ils se sont élevée, mettent au service de leurs enfants les leçons d'une douloureuse expérience et construisent pour eux, au moins en pensée, quelquefois en les y aidant de tout leur pouvoir, l'édifice d'une vie qu'ils font aussi grande, aussi belle, aussi riche que la leur a été petite et dépourvue. Bâtisseurs pour nous-mêmes nous aidons, en effet, tous tant que nous sommes, parents, amis, maîtres, professeurs, conseillers de toutes les robes et de tous les noms, payés et non payés, les autres à bâtir; et la mort nous surprend l'équerre et la truelle à la main, je veux dire la tête pleine de projets, le conseil à la bouche et le rêve au cœur.

— Et ces ouvriers, maçons, charpentiers, manœuvres, que nous voyons ici, sous nos yeux, si appliqués à leur travail et absorbés dans une œuvre purement matérielle, croyez-vous qu'eux aussi ils bâtissent au sens où vous l'entendez?

— Tout comme vous, tout comme moi, docteur, petitement, grandement, modestement, magnifiquement, lentement, rapidement, avec ou sans habileté, en réalité et en rêve. Le succès dépend — c'est aussi notre cas — de leur imagination, de leur caractère, de la modération ou de l'ardeur de leurs désirs, de l'idée qu'ils se sont faite de la vie et du bonheur. Qui sait même si quelqu'un d'entre eux conquis aux idées nouvelles les plus avancées, à l'heure où nous le croyons uniquement occupé d'un travail qu'il accomplit, grâce à l'habitude, presque sans y penser, n'emploie pas ce qui lui reste d'attention à dessiner intérieurement le plan d'une Cité idéale, et s'il n'édifie pas en rêve un État fondé sur l'égalité complète, absolue, des droits, des biens et des jouissances ?

— Pour sûr, celui-là n'entrera pas souvent dans l'église qu'il aide à bâtir ; il y prendrait, au pied de la chaire et de l'autel, dans un milieu saturé de christianisme, d'autres sentiments.

— Encore un autre aspect de l'éternelle et infatigable architecture à laquelle s'emploient tous les hommes ; et c'est vous, docteur, vous l'ennemi des architectes qui nous le découvrez.

— Expliquez-vous, je n'entends pas bien.

— Rien n'est plus simple, et je n'aurai pas dit le premier mot que vous m'arrêterez court, pour achever vous-même, s'il vous plaît ainsi, et mieux que moi mon discours.

— Encore faut-il que ce premier mot vous le disiez.

— Le voici, cher docteur. N'est-ce pas, en effet, dans cette église, et dans toutes celles dont l'univers catholique est rempli, que commence et s'achève l'œuvre de formation et d'édification des âmes qui, de degrés en degrés, d'étage en étage, les unes d'un progrès lent, mais continu, les autres.........

— Bien, bien : j'entends, ne prenez pas la peine de continuer ; d'autant plus que vous en auriez long à dire sur cet art que l'Église a porté si loin, dont ses docteurs, ses directeurs, ses écrivains ascétiques, dans leurs innombrables ouvrages, nous révèlent la méthode, les règles et les plus secrètes pratiques. Ce n'est point que j'en aie lu un grand nombre, mais j'en ai parcouru plusieurs, parmi lesquels, en première ligne, le beau livre de l'*Imitation*. Je sais, à n'en pas douter, que si ce travail particulier de bâtir s'arrête, pour la plupart des civilisés nés chrétiens, au lendemain de leur première communion, il en est d'autres qui ne cessent pas un seul instant d'élever toujours plus haut, durant une longue vie, l'édifice de leur perfection religieuse.

Décidément, vous me convertissez, et j'entre si avant, mon cher ami, dans vos idées, que je les ai peut-être, au moins en esprit, déjà dépassées. Ce que je vous accorde, ce que nul ne saurait nier pour la vie chrétienne, je demande, à mon tour, que vous l'acceptiez pour l'âme simplement raisonnable et dans l'ordre naturel. Vous avez, d'ailleurs, dans cette voie, fait tout à l'heure les premiers pas, en me rappelant que j'étais pour le

moins l'architecte de ma vie publique et privée :
je veux aller plus loin, écoutez-moi.

Que chaque âme *informe* le corps qui lui est
uni, qu'elle en soit l'architecte, qu'elle le cons-
truise en quelque sorte, il est possible après tout,
et j'entends dire que vos scolastiques sont, sur
ce point, à peu près unanimes. On n'en saurait
dire autant des médecins, mes collègues : et
toutefois les plus habiles, les plus clairvoyants
d'entre eux s'efforcent d'agir sur le moral pour
atteindre plus sûrement et pour amender le
physique de leurs malades; ils ne renoncent pas
plus que nos philosophes spiritualistes à lire dans
le regard et l'aspect extérieur les dispositions
intérieures des âmes. Mais n'est-ce pas aussi une
véritable architecture, que ce labeur constant
d'un esprit — vous entendez bien, d'un esprit —
qui peine et se fatigue dans le louable dessein de
se développer, de se fortifier, de s'enrichir, de
dépasser les autres esprits, tout au moins de n'être
pas dépassé par eux en force, en hardiesse, en
prudence, en prévoyance, en possession de soi-
même, en influence sur autrui, en un mot, dans
tout ce que les hommes regardent, à tort ou à
raison, comme des qualités et des biens.

Voyez d'ici, à nos pieds, sur les deux rives de
la Seine, cette ville immense où notre regard se
perd et dont il ne réussit pas à atteindre les

extrêmes limites, ces monuments, ces palais, ces maisons où s'est déployé depuis des siècles, où s'exerce, avec un redoublement d'ardeur, l'art des architectes ornant, réparant, rectifiant, édifiant à nouveau et sur de nouveaux plans, dans tous les quartiers riches ou pauvres, anciens ou modernes. Si infatigable que soit leur travail, si imposante même que soit l'œuvre extérieure qu'il accroît incessamment, qu'est-ce que ces innombrables demeures, dont pas une ne sait seulement qui l'a bâtie et pourquoi on l'a bâtie, en comparaison des âmes qui s'y succèdent sans fin et qui, dans l'abri passager d'un corps fragile, construisent, avec plus ou moins d'art et de succès, un édifice vivant, immortel, celui d'une perfection morale qui n'a rien à redouter du temps et triomphe de la mort elle-même! Que d'édifices cachés, mais indestructibles, dans ces édifices visibles, maisons ou palais, dont les plus beaux, les plus magnifiques sont quelquefois les premiers, nous l'avons, hélas! récemment constaté, voués à la destruction! Voilà la vraie, la noble architecture dont l'autre n'est que l'ombre et la pâle image, l'architecture dont je vous accorde cette fois qu'elle fleurit partout où il y a des hommes, puisque chacun d'eux y joue son rôle, y remplit sa fonction, ceux-ci comme maîtres et directeurs, ceux-là comme simples ouvriers, les uns traçant et communiquant leurs plans, les autres s'efforçant de les réaliser.

Dites-moi : ce langage ne vous surprend-il pas, dans la bouche d'un médecin dont vous connaissez, il est vrai, de longue date, le spiritualisme sincère, d'un homme toutefois habitué à *brasser la matière*, comme disait Napoléon Ier à son médecin Corvisart...?

— Mais aussi, très capable, quand il a l'esprit juste et pénétrant, de s'élever plus haut qu'elle, jusqu'à l'âme d'abord, et de l'âme à l'Intelligence suprême, sans laquelle il est impossible de concevoir quoi que ce soit d'ordonné, de constant, de suivi, ni art, ni science, ni santé, ni maladie, ni médecine. Je sais, d'ailleurs, que, dans cette basilique du Vœu national, les médecins français auront bientôt, si la chose n'est déjà faite, leur chapelle sous le vocable de S. Luc. Cela fait honneur à leur bon sens autant qu'à leur foi, car, suivant la parole de l'un d'entre eux qui n'est pas le moins illustre [1], *ils peuvent panser, mais c'est Dieu qui guérit.*

Toutefois, je ne veux pas demeurer en reste avec vous, et puisque vous êtes monté de vous-même au point où je vous attendais, je vous propose de nous élever ensemble encore un peu

[1] Ambroise Paré. 1517-1590.

plus haut. Passons, si vous le voulez, de l'homme aux sociétés humaines, de l'architecture où nous dépensons, dans un intérêt plus ou moins personnel, celui d'une carrière ou celui de notre perfectionnement moral, nos facultés et nos forces, à celle qui leur est propre. Vous entrevoyez déjà son étonnante grandeur, sa merveilleuse beauté.

— J'y suis et je vous entends, au moins à demi. Mais à ces monuments, cités, monarchies, républiques, empires, dont l'édification exige des siècles entiers, attribuez-vous, comme à nos constructions à nous simples particuliers, un principe intérieur d'action et de direction, une âme, pour tout dire ? Cette âme elle-même, à supposer qu'elle existe, ne serait-ce point ce qu'on nomme leur génie ? Allez-vous jusque-là ? Êtes-vous spiritualiste, — vous le seriez alors plus que moi.—, au point d'admettre une âme des peuples, des grands Empires surtout, qui présiderait à leur développement et les informerait peu à peu, comme l'âme humaine, toujours au dire des scolastiques et de quelques autres philosophes, informe le corps qu'elle anime ?

— Mon spiritualisme, cher docteur, se contente de voir l'esprit où il est sûrement : pour le reste il n'affirme rien et se borne à des conjectures. Une chose certaine, c'est que les grands Empires dont vous parlez, ceux qui, comme les chênes séculaires, rois de la forêt, dominent les peuples voisins, ces Empires ne sont pas le produit du hasard et des circonstances fortuitement enchaînées les unes aux autres. Leur génie, celui de la Grèce, par exemple, celui de l'Égypte, celui de Rome distinct de tous les autres génies, ne s'est pas formé comme à l'aventure, par une suite aussi interminable qu'inconcevable d'accidents heureux. Dans ces traits si nettement accusés, si harmonieusement unis, je reconnais le dessein, l'action d'un esprit, disons-le tout de suite comme nous le pensons, du Père de tous les esprits. Mais comment opère-t-il en eux? Par quelles voies, directes ou indirectes? Je n'en sais rien, et il ne m'en coûte nullement d'avouer sur ce point, comme sur beaucoup d'autres, ma profonde ignorance.

La seule chose que j'affirme, parce que je la vois de mes yeux et qu'elle est, à elle seule, toute l'histoire, c'est que les peuples à peine nés veulent grandir; c'est qu'ils s'étendent et s'élèvent dans l'espace, comme sur le sol nos maisons et nos monuments; que, comme eux encore, ils prennent une forme distincte, un style, si j'ose dire ainsi, des traits, un caractère propre. C'est une architecture plus noble, plus imposante, mais soumise, elle aussi, à la double influence du principe intérieur qui dirige, du milieu et des circonstances qui secondent son action. Si le génie de la race est médiocre, si l'espace est insuffisant, le climat excessif, si les ressources sont trop bornées, les voisins trop puissants, l'essor ne tarde pas à se ralentir, jusqu'à l'heure où il s'arrête. Si le ressort intérieur, esprit, pensée, volonté, est énergique, si le milieu lui vient en aide, la cité grandit, elle se développe, elle atteint son faîte et son couronnement. Elle devient un de ces Empires, monuments incomparables devant lesquels s'arrête ravi d'admiration l'amant du beau, où l'homme politique s'instruit dans son art, comme l'architecte se forme par l'étude attentive de l'œuvre de ses prédécesseurs.

— Tout cela je vous l'accorde, et ne réserve que la nature du principe intérieur.

— M'accorderez-vous encore qu'entre ces monuments dont l'histoire est l'histoire même de l'humanité, dont l'architecture a, dans sa variété pour ainsi dire inépuisable, reproduit tous les caractères, manifesté toutes les forces cachées de l'esprit humain, le plus grand, le plus beau, qu'on l'envisage au dedans ou seulement au dehors, qu'on considère en lui ou l'œuvre extérieure ou le travail intérieur de la pensée, de l'amour et de la volonté, c'est le monument que l'Église édifie depuis dix-huit siècles. Souvent ébranlé, menacé d'une ruine totale, mais toujours plus

haut, toujours plus vaste, il dépasse depuis longtemps en grandeur, en magnificence, tous ceux
que le génie de l'homme a jamais construits, et
pourtant il n'est pas terminé.

— Il serait difficile de n'en pas convenir.

— Autour de lui et dans son enceinte, une
foule de monuments ne cessent de s'élever dont
l'architecture est en parfait accord avec son architecture, mais qui n'en ont pas moins leur caractère
propre et enrichissent de leur variété croissante
son indéfectible unité. Sûr asile des âmes qui
s'élèvent au pied de ses autels à tous les degrés
de perfection, il a vu à l'entour de ses murs, et
le plus souvent sous leur abri protecteur, naître,
dans le monde moderne, cités et nations. A celles
qui ne craignaient point de s'approcher de lui
davantage, de s'inspirer de ses plans, il a commu-
niqué quelque chose de sa persévérante jeunesse,
de sa toute-puissance à résister aux injures du
temps.

Faut-il maintenant s'étonner qu'au travail intérieur de construction, à la passion d'édifier qui,
dans l'église purement spirituelle, ne languit
jamais et qui profite aux sociétés autant qu'aux
individus, corresponde au dehors, et comme pour
donner une forme sensible à cette architecture
qui souvent se dérobe aux sens, une ardeur égale
d'édifier des temples matériels, églises, basili-

ques, cathédrales, admiration des siècles, honneur et joie du peuple chrétien. Dites-moi, docteur, en êtes-vous encore surpris?

— Assurément, beaucoup moins que je l'étais tout à l'heure, grâce à vos explications, auxquelles, vous en conviendrez, les miennes se sont ajoutées, non sans à propos.

Mais ce qui continue de me surprendre, ce qui, pour moi, n'est pas encore expliqué dans son principe et son origine première, c'est cette ardeur elle-même, cette passion violente, cet irrésistible instinct de bâtir, qu'il s'agisse de la matière ou de l'esprit, des particuliers ou de l'État, de la société civile ou de l'Église, dont il semble que tous les hommes, toutes les nations soient intérieurement animés, on pourrait dire *possédés,* le mot ne serait que juste, même dans son sens le plus littéral. Pourquoi cet instinct est-il en nous? D'où vient-il? Qui l'y a mis?

— Dieu, sans doute, cher docteur, Dieu qui a fait l'homme à son image et à sa ressemblance. Il n'a pas voulu qu'un seul de ses traits à Lui n'eût pas au moins son pâle reflet dans notre âme, qu'un seul de ses attributs ne reproduisît pas son image dans les plus nobles de nos facultés. Or, ne l'oubliez point, ce Dieu, c'est le Dieu dont la puissance créatrice n'est jamais suspendue, le Dieu qui continue dans l'évolution de la matière et des mondes, dans la création des âmes, dans celle des hommes de génie et surtout des saints, l'œuvre éternelle de sa pensée et de son amour. C'est le suprême Architecte, le Créateur, et de Lui procède toute architecture qui doit tant soit peu durer.

Mais, sans nous élever à de telles hauteurs, sans descendre à de telles profondeurs où je craindrais que mon regard ne se perdît, souhaitez-vous d'entendre une explication qui ne dépasse pas les régions moyennes de la pensée? Elle m'a été donnée par un de mes amis, simple méditatif, sans nulle prétention au titre de philosophe que de plus savants et de plus érudits méritent, il l'assure, infiniment mieux que lui. Voulez-vous que je résume, en peu de mots, la réponse qu'il me fit un jour, où je lui posais, presque dans les mêmes termes, la question que vous m'adressez en ce moment?

— J'y consens de grand cœur.

— La voici donc brièvement, en style direct et comme s'il parlait lui-même. Nous éviterons ainsi les *dit-il, répondit-il,* et autres longueurs qui embarrassent le discours.

« Entre tous les présents que Dieu a faits à l'homme, entre tous les attributs dont il a orné son âme, le plus beau, le plus précieux, c'est, sans contredit, la pensée. Je ne m'attarderai pas à célébrer ses louanges : les philosophes, les savants, les poètes, les écrivains s'y sont employés dans tous les temps, et ils y ont assez bien réussi. J'aime mieux vous dire, sans autres préliminaires, qu'à mon avis, deux sortes d'éléments entrent dans toutes nos pensées, aussi nécessaires les uns que les autres à leur formation. Les premiers — je les nommerai les *éléments acquis* — viennent de l'expérience, par tous les canaux, par toutes les voies : leçons, conversations, exemples, discours, lectures, spectacle du monde, étude de la nature. Les autres — les *éléments primitifs* — sont en nous tout d'abord et dès l'origine ; ils ne font qu'un avec notre âme et ils ne doivent à l'expérience qu'une seule chose, l'occasion qu'elle leur fournit de se montrer, de prendre possession d'eux-mêmes. C'est l'action des sens qui les éveille au fond de notre esprit où ils étaient endormis. *Éléments primitifs* et *éléments acquis* vont dès lors de concert, et, dans une union de plus en plus étroite, ils se pénètrent, ils se combinent, avec le secours de la *parole,* par la force du principe intérieur qui est l'âme elle-même, pour former toutes les pensées de notre esprit.

« Il nous importe peu, à vous et à moi, de savoir le nombre exact des éléments primitifs entre lesquels se partage cette parcelle de la pensée divine à laquelle nous devons d'être des hommes,

et qu'on nomme, en général, la raison. Un caractère toutefois, constant, essentiel, les distingue
des *catégories*, des *concepts : quantité, qualité,
rapport,* etc., auxquels certains philosophes attri-
buent le privilège d'être les éléments les plus
simples et vraiment irréductibles de nos pensées.
Ils n'en sont, en réalité, que le dernier terme,
mais sans action propre et sans vie, composants
inertes des éléments primitifs, dans lesquels
surabondent, au contraire, la vie et la fécondité.
Envisagez, par exemple, l'*ordre,* l'*unité,* la *grandeur*, c'est-à-dire les plus connus des éléments
primitifs, et considérez comme chacun d'eux, en
même temps qu'il éclaire l'esprit, est accompagné
d'un sentiment qui agit à sa manière propre sur
la volonté et parfois entraîne l'âme entière. Ce
sentiment (ils procèdent tous de l'amour ou ils se
ramènent à lui), peut devenir et il devient souvent
une passion chez les individus ainsi que chez les
peuples dont les pensées et les sentiments ne
diffèrent que par la grandeur des effets des pensées, des sentiments, des passions, des simples
particuliers. Vous voyez d'ici la vie de chacun de
nous, celle des sociétés, l'histoire tout entière, se
développer sous l'influence de ces trois premiers
éléments dont la part est si grande dans les pensées des hommes, et sous celle des sentiments,
des passions qui ne cessent point de les suivre.

« *Ordre, unité, grandeur,* sont, en quelque sorte, chez les individus et dans les cités grandes ou petites, pour le nécessaire et l'indispensable. Ils rendent possibles, pour les premiers la culture désintéressée de l'esprit, pour les seconds la civilisation proprement dite à tous ses degrés ; mais s'ils la préparent, s'ils en déposent dans le sol les germes précieux, ils ne suffisent pas à les faire éclore. C'est l'œuvre réservée à deux autres éléments, eux aussi primitifs, le *vrai* et le *beau,* plus lents à s'éveiller dans notre âme et dans l'âme des peuples.....

— Vous savez, mon cher ami, que j'ai, sur cette question de l'âme des peuples, réservé ma manière de voir.

— Je ne l'oublie point : n'oubliez pas non plus que je ne parle pas en mon nom et ne suis que l'interprète de la pensée d'autrui. En voici la suite :

« .... Mais aussi, quand ils y ont apparu, quand ils y ont grandi, quelles suites de cette recherche du vrai pour lui-même et non plus pour des motifs étroits et intéressés, de l'amour du beau pour lui-même, pour le noble plaisir de le contempler, pour le bonheur et l'honneur de le produire ! Quels merveilleux résultats, dont le progrès constant des lettres, des sciences et des arts ne cesse de rendre un éclatant témoignage ! Le sentiment de la *liberté*, par lui-même si vivace, s'en accroît encore ; la recherche du *bonheur*, dont l'idée ne se sépare point dans les raisons vraiment raisonnables de l'idée du *bien*, devient plus ardent, plus noble aussi, à mesure que les biens de l'esprit s'ajoutent, en les dépassant à l'infini, aux plaisirs des sens, aux biens matériels. *Liberté*, *bien* et *bonheur*, celle-là comme moyen nécessaire et glorieux privilège, ceux-ci comme fin dernière, constituent, ai-je besoin de le dire, deux autres éléments primitifs aussi nécessaires que les cinq premiers à la formation de nos pensées.

« Mais, ce que l'âme porte en elle-même dans les profondeurs de la conscience et de la raison, le don qu'elle a reçu, elle souhaite ardemment et par un penchant irrésistible, de le communiquer, de le répandre au dehors. Elle crée, elle aussi, sur le modèle des éléments primitifs de sa pensée, comme Dieu crée sur le modèle de ses Idées, de ses attributs éternels. Faite à son image, notre âme n'aspire pas seulement pour elle-même à une ressemblance de plus en plus parfaite, elle tend à produire d'autres images dont les éléments primitifs fournissent les traits principaux, ceux qui ne s'effacent point et qui font valoir tous les autres.

Vienne alors, dans la suite des temps, à l'heure marquée par les décrets divins, une société dont

la foi constante, agissante, adore dans ses temples
le Verbe fait chair qui veut bien y résider, le
Verbe Raison de notre raison, Exemplaire éternel
des éléments primitifs de nos pensées : quelles
inspirations vont jaillir, admirables, inépuisables,
pour la poésie, l'éloquence et les arts ! Quelle
ardeur, quelle passion chez les peuples catholiques — appelons-les de leur vrai nom — d'élever :
dans les âmes, des édifices spirituels qui grandis-
sent et s'embellissent durant toute une vie ; —
dans la hiérarchie sacrée, des édifices qui, comme
les Ordres religieux, durent des siècles et auxquels
s'ajoutent sans fin de nouveaux édifices ; — dans
les villages, les villes, les capitales, des édifices
matériels, des basiliques, des églises qu'on ne
cesse point de construire et d'orner, puisque le
Verbe divin ne cesse point d'habiter parmi les
hommes. On voudrait les faire toujours plus
grandes, plus magnifiques, plus dignes de notre
reconnaissance et de son ineffable bienfait. »

Résumée en ce peu de paroles, la pensée de
mon ami le méditatif appelle, j'en conviens, des
explications et des développements qu'il lui serait
facile de donner. Telle que je viens de vous la
transmettre, elle suffit du moins à justifier ceux
qui ont conçu l'idée de cette nouvelle et imposante basilique s'ajoutant à nos vieilles cathédrales, ceux aussi dont la générosité a permis de

la bâtir et permettra de la terminer, enfin.....

— Je comprends et j'achève, mon ami, pour vous. Elle justifie surtout ce titre d'architectes que vous accordez libéralement à tous les hommes, même à ceux qui croyaient n'y avoir aucun droit, et que, pour ma part, je ne refuse plus d'accepter.

II

JUSQU'AU SEUIL DU SANCTUAIRE

Lettre de Mademoiselle Olga Z... à son amie Nadine
Wassileff, à St-Pétersbourg, rue Grande-Dworiansky. 2,

Paris, ... Octobre 1893.

Ma chère Nadine,

Non, tu n'imaginerais jamais de quoi je vais
t'entretenir aujourd'hui. Je mets au défi toute ta
sagacité, toute ta pénétration, toute ta finesse,
même avec quelques ouvertures que je pourrais
leur ménager, d'entrevoir le sujet de cette lettre.
Donc il ne sera question cette fois ni de bals, ni
de théâtre, ni de réceptions splendides à l'Élysée,
à l'Hôtel-de-Ville ou chez les Ministres, ni d'au-

cunes réjouissances publiques ou privées. Nous avons eu, depuis huit jours que l'amiral Avellan est arrivé à Paris avec mon frère et ses autres officiers, trop de bonheur, trop de joie, et je sens qu'on s'en lasserait plus vite que d'une douleur tant soit peu consolée. Je commence même à m'apercevoir que l'imagination la plus fertile (Dieu sait si celle de nos hôtes a sa pareille au monde), a beau varier à l'infini les divertissements, rien ne ressemble à un plaisir comme un plaisir. Enfin nous avons pu, mon frère et moi, nous recueillir, reprendre durant quelques heures possession de nous-mêmes, et nous avons eu avec un inconnu qui ne l'est plus pour nous, je l'espère, lis bien, relis deux et trois fois, ...un entretien philosophique, oui, philosophique, et même de haute philosophie. Il faut bien que tu en prennes ta part, comme tu as pris, de trop loin, ta part de tous nos plaisirs, et si je connais bien ma chère Nadine, ce n'est pas le souvenir de la leçon de philosophie qui s'effacera le premier de son esprit. Les études que tu as, grâce à Mme Zévereff, poussées fort loin, mais surtout les épreuves de la vie, qui ne t'ont pas été ménagées, te préparent à me comprendre, si pourtant je sais être assez claire. Mais je compte sur mon frère qui reverra ma lettre, avant que je te l'envoie.

Je t'ai dit déjà que sa curiosité est insatiable :

il veut tout savoir, tout connaître, tout visiter, écoles, églises, palais, monuments, jardins publics, et, en même temps, ne manquer à aucun de ses devoirs, être prêt à répondre au premier appel de ses chefs, au moindre signe de l'amiral. Heureusement deux années de séjour dans la capitale de la France me l'ont fait connaître assez bien et je suis, sans me flatter, un guide au moins passable, un cicérone assez bien renseigné. Il en profite au point de me lasser quelquefois par des courses folles sans repos, sans arrêt, mais je suis si heureuse de le posséder ici contre tout espoir, de lui rendre ces petits services dont il fait tant de cas, que je ne sens point ou que j'oublie aussitôt la fatigue.

C'est que le Paris d'aujourd'hui, ma chère Nadine, n'est déjà plus celui qu'à la fin du règne de Napoléon III tu as eu tout le loisir d'étudier durant une année entière, le Paris que tu me décrivais, à ton retour, avec tant de charme, et que je n'espérais guère habiter moi-même aussi longtemps. Ce n'est pas que les Parisiens aient changé le moins du monde : ils sont toujours tels que tu me les dépeignais alors, vifs, légers, polis, prévenants, prompts à l'enthousiasme, curieux de toutes les nouveautés, ni sages, ni fous, ni tout au dedans, ni tout au dehors, mais si bien entre deux et mêlés de toutes choses qu'on les pourrait croire à la fois, à de certains moments, crédules et sceptiques. Ce qui a changé c'est la ville elle-même où les monuments se sont multipliés, mais surtout ces curiosités qu'un étranger doit voir, s'il ne veut passer pour un ignorant ou un indifférent, où les quartiers neufs s'allongent sans fin et rendent les courses très fatigantes. Mais avant-hier la fatigue n'a pas été grande, et, en tout cas, largement payée.

Nous nous étions, entre deux et trois heures de l'après-midi, rendus à Montmartre dont on parle tant dans le monde religieux, et dont une de mes amies m'avait affirmé qu'à part la basilique elle-même, le coup-d'œil dont on jouit sur l'esplanade qui la précède, le tout Paris qu'on a sous ses pieds et qu'on embrasse comme d'un seul regard vaut la peine qu'on prend d'y monter. Tout cela est vrai, parfaitement vrai, plus vrai peut-être ce jour-là qu'aucun autre jour de ce mois d'octobre, grâce au beau et bon soleil qui ne cessa pas, un seul instant, de nous tenir compagnie. N'attends pas toutefois, ma chère Nadine, que j'entre, pour te décrire la basilique, dans des détails où je me perdrais et t'égarerais avec moi: tu les trouveras très fidèlement exposés dans la petite brochure qui part avec ma lettre. Pour moi d'ailleurs, quand il s'agit d'un monument, église ou palais, l'impression qui vient de l'ensemble est tout ce qui demeure dans mon esprit : je dois dire qu'elle a été, ce jour-là, des plus favorables. L'édifice religieux qu'on m'aurait le plus vanté, s'il n'élève pas mon âme, s'il ne la remplit pas de l'idée de Dieu, ne mérite pas les louanges qu'on lui prodigue : la richesse ou la beauté des détails ne suffira pas à me le faire admirer. J'avais pourtant tout ce qu'il faut pour les apprécier, et non pas un guide, mais deux, les plus entendus et les plus complaisants du monde, notre ami l'architecte Natchimoff que nous trouvâmes, par la plus heureuse fortune, dans l'intérieur de la basilique, et, avec lui, un architecte français dont le nom ne me revient pas en ce moment qui l'y avait conduit et lui en détaillait les merveilles.

On en était, quand nous prîmes part à l'entretien, au point délicat de comparer nos églises de Saint-Pétersbourg et de Moscou à celles de Paris. A l'architecte parisien qui ne connaissait, je m'en aperçus bientôt, la Russie et l'art russe que par les livres, Natchimoff n'avait pas de peine à opposer la grandeur, la splendeur de nos édifices religieux, aussi imposants du dehors et dans leur ensemble que riches et variés dans les détails de leur décoration intérieure. Son collègue français (que je voudrais donc retrouver son nom !) ne se rendait pas aisément, et les répliques toujours courtoises de part et d'autre menaçaient de ne point finir, quand un troisième personnage intervint qui jusque-là s'était borné à écouter tour-à-tour Natchimoff et l'autre architecte avec lequel il semblait intimement lié. Je compris qu'il venait de les accompagner dans cette exploration qui lui était familière.

Celui qui entre en scène, ai-je besoin de te le dire, c'est mon héros, mieux que cela mon maître de philosophie : tout à l'heure tu me diras ton avis sur sa doctrine. Grand, maigre, assez pâle, l'œil doux et intelligent, simple et distingué dans ses manières, d'âge moyen, il me parut bientôt à sa conversation qu'il appartenait à ce monde religieux parisien dont je sais seulement qu'il existe, mais où, malgré mon vif désir, je n'ai pas encore pénétré. J'entends qu'on les nomme autour de moi des noms les plus différents, catholiques, mystiques, hommes d'œuvres, hommes d'action, immobiles retardataires, et de tous ces titres que je ne puis faire accorder je ne sais lequel choisir et lequel est le bon. La seule chose dont on convienne c'est qu'ils savent parler et qu'ils ont toujours eu parmi eux de vrais orateurs. Le seul que j'aie entendu, M. Albert de Mun, n'est pas pour démentir cette bonne opinion qu'on a de leur éloquence. La sienne est dans le genre que notre excellente maîtresse, sans doute pour se conformer aux divisions et au langage de la rhétorique, nommait le genre *sublime,* épithète qui me semble excessive. Celle que j'entendis avant-hier appartient au style *simple,* très simple : tu jugeras toi-même, s'il faut l'élever jusqu'au *tempéré,* mais d'abord félicite-moi d'avoir si bien retenu les leçons de Mme Zévereff.

« Peut-être, Messieurs, dit-il, avez-vous raison l'un et l'autre, car la source du beau est intarissable, et toutes les églises du monde, j'ajoute tous les monuments, tous les palais, toutes les œuvres de l'art ne parviendront jamais à l'épuiser. Sans doute le Beau lui-même est un, ainsi que tous en conviennent, mais il est aussi trop vaste, trop élevé au-dessus de nous, pour que les plus grands artistes puissent l'embrasser dans son unité et dans son immensité. Chacun d'eux n'en voit guère et n'en reproduit qu'un aspect conforme au génie de sa race et à son propre génie. Le climat, le sol et le soleil, les traditions, l'histoire nationale, le degré de la civilisation, celui de la culture ont leur part dans cette diversité. On peut élever de très belles églises à Paris et de très belles à Moscou qui diffèrent en une foule de points, bien qu'elles soient fort capables les unes et les autres d'éveiller dans les âmes, sans parler même du sentiment religieux, l'idée et l'amour de la beauté. C'est là ce qui demeure, ce qui est vraiment universel, ce qui relie à travers le temps et l'espace, tant d'œuvres en apparence très différentes, en réalité fort ressemblantes, puisqu'elles satisfont les mêmes aspirations vers un idéal de beauté dont elles font mieux comprendre, par leur diversité même, la richesse inépuisable. »

Que notre philosophe, c'est ainsi que je l'appellerai désormais, se soit exprimé de la sorte mot pour mot, je ne m'en porte pas garant jusqu'à la dernière syllabe, mais du moins suis-je assurée de reproduire avec fidélité le sens et presque toutes les expressions de son petit discours. Tu sais si ma mémoire est heureuse et si je l'ai toujours cultivée avec soin. Pour ce qui suit je réponds encore mieux de mon..., ou pour dire toute la vérité, de notre exactitude, mon frère ayant pris sa part de l'entretien qui suivit, et ses souvenirs, quand je l'interroge, concordant sur tous les points avec les miens. Car il y eut, je te le disais au début de ma lettre, un sérieux entretien philosophique, et sinon un *Banquet des sages* où chacun aurait, à tour de rôle, prononcé son discours, du moins une conversation aisée, familière, accompagnée d'une collation des plus frugales : ici nous rentrons dans la coutume des sages de la Grèce. Seulement au lieu des figues, leur régal ordinaire, au témoignage du jeune Anacharsis (encore une lecture que tu te rappelles), nous eûmes des raisins parfaitement beaux et mûrs, détachés pour nous de la treille où ils pendaient l'instant d'avant, et, pour nous rafraîchir, une de ces boissons gazeuses dont je ne crois pas que les philosophes grecs aient eu la moindre idée. D'aussi bonne grâce qu'elle nous était offerte, nous avions accepté l'invitation de nous reposer quelques instants dans une petite villa que notre philosophe possède au sommet de la colline, l'ayant reçue en héritage d'un de ses parents. Il y passe seulement quelques semaines de l'automne : ses occupations le retiennent dans l'intérieur de Paris le reste de l'année. La soirée qui commençait à peine était des plus belles, l'air des plus tièdes : aussi c'est sous la treille située derrière la maison, sur une petite terrasse qui domine au loin la plaine, que nous nous assîmes tous les cinq autour d'une table rustique.

Nos architectes ne pouvaient abandonner si aisément l'église qu'ils venaient d'étudier ensemble : ils revinrent bientôt sur un point qui les avait une première fois divisés. Natchimoff prétendait, contre l'avis de son collègue, que la tour un peu maigre et très haute qui n'est pas encore construite, mais dont il avait vu l'esquisse sur les plans de l'édifice, doit être abandonnée : selon lui elle en trouble le bel ordre, elle en modifie le caractère, elle en détruit l'unité. Comme il ne cessait, dans le cours de la discussion, de répéter ces mots : *ordre, unité*, notre hôte l'interrompant :

— « Je vois, dit-il, qu'en architecture comme dans les autres arts, on pourrait dire en toute œuvre de l'homme, la place de l'ordre et de l'unité est considérable. Et, en effet, ce qui n'est que chaos et confusion par là même n'est pas intelligible et n'offre aucune prise à la pensée. La pensée, à son tour, est d'autant plus claire et plus facile à saisir qu'elle est mieux ordonnée en elle-même et dans les termes qui l'expriment. La première condition pour qu'un discours par exemple, comme on en a prononcé déjà plusieurs, et comme on ne tardera pas à en entendre tous les jours dans cette basilique, soit tout ensemble utile et beau, c'est que dans un sujet parfaitement un, les idées s'enchaînent dans un ordre apparent ou caché, mais toujours nécessaire. Ne vous semble-t-il pas, Messieurs, que si l'ordre et l'unité ne sont pas à eux seuls toute la beauté, il n'y a pas du moins de beauté sans eux. »

Nous en convînmes tous sans la moindre opposition.

« L'ordre, l'unité, la beauté, sont donc, à votre avis, trois choses distinctes, avec cette différence

en faveur de la beauté qu'elle contient en elle
l'ordre et l'unité, mais que l'ordre et l'unité ne
suffisent pas seules à constituer la beauté. Permettez-moi, puisque j'ai la bonne fortune de
m'entretenir avec deux architectes formés à des
écoles et parmi des modèles très différents, de
pousser un peu plus loin mes questions. Vous
semble-t-il, Messieurs, que la grandeur soit, elle
aussi, un caractère essentiel de l'architecture
religieuse ?

— « Essentiel assurément, si toutefois j'entends
bien le sens de ce mot, et si, dans votre belle
langue française, si exacte, si précise, il n'est pas
synonyme d'absolument nécessaire. Nous avons
en Russie et vous possédez en France un assez
grand nombre de petites églises et des chapelles
dont la grâce nous ravit, mais où n'apparaît pas
la grandeur. Quant aux basiliques et aux cathédrales, c'est-à-dire à l'édifice religieux dans son
type accompli et sa perfection, il réclame la grandeur et on ne le conçoit pas sans elle. Il n'est pas
beau, s'il n'est pas grand. »

A cette réponse de Natchimoff, notre philosophe
d'ajouter :

— « Je n'étais pas, je l'avoue, en peine de la
grâce, et s'il est malaisé de la définir, il l'est beaucoup moins de la rattacher à la beauté. Mais voici
que la grandeur, à son tour, — votre témoignage

confirme sur ce point mes pressentiments, — fait valoir ses droits à être un des éléments du Beau, non pas sans doute au même titre que l'ordre et l'unité dont il ne se sépare jamais, mais au moins dans ses manifestations les plus imposantes et les plus durables. »

— « Ajoutez, interrompit mon frère dont un souvenir historique avait, en ce moment, traversé l'esprit, que cette grandeur unie à la beauté et comme fondue avec elle se fait voir aussi bien dans le monde moral, politique, social, que dans les œuvres où domine la matière. »

Puis avec une verve, une abondance d'idées et de souvenirs, une facilité d'expression qui m'étonnaient moi-même, notre officier de marine de nous proposer comme exemple décisif à l'appui de sa thèse, la *grandeur romaine* dont l'idée a survécu dans la mémoire des hommes à la domination depuis longtemps disparue qu'elle résume en elle, édifice majestueux, immense, immortel, au prix duquel les plus vastes édifices des civilisations les plus célèbres, pyramides, palais, temples, théâtres, sont moins que des pygmées en face d'un géant,..... et la suite dont je te fais grâce, le tout relevé par un demi-vers de Virgile qu'il vient de me dicter et que tu placeras à ta convenance dans le corps de son discours : *Capitoli immobile saxum.*

Le philosophe écoutait mon frère avec une sympathie, un intérêt qui se peignaient sur son visage, et sans doute il allait prendre à son tour la parole, quand l'architecte français, — voulait-il effacer l'impression que sa critique du style de nos églises avait produite :

— « Assurément, dit-il, la grandeur romaine est de toutes les grandeurs que nous présente l'histoire ancienne, la première, la plus justement célèbre, mais le passé est le passé ; il est mort, il ne vit plus que dans la mémoire des hommes, il n'a pas épuisé les forces de l'esprit humain. Est-ce que le siècle présent lui-même, sans remonter plus haut, n'a pas vu naître un Empire éphémère, il est vrai, mais grand, lui aussi, par l'étendue de la domination, plus grand encore par le génie de celui qui l'avait créé? Est-ce qu'il n'en voit pas un autre se former, s'étendre, uni, compact, plus compact et plus uni que celui de la Rome antique, abritant sous le même drapeau, soumettant aux mêmes lois une partie considérable de l'Europe et plus du tiers de l'Asie....... »

Nous voyions tous où il en voulait venir, mais notre hôte ne lui laissa pas le temps et il lui ravit le plaisir de prononcer le nom qui était déjà sur ses lèvres.

— « L'Empire russe, s'empressa-t-il d'interrompre, est si loin de démentir les choses que nous avons dites relativement à l'ordre, à l'unité, à la grandeur, qu'au contraire il les confirme, et cela sous nos yeux. Surtout il nous permet de les mieux entendre, car rien ne vaut un illustre exemple, à plus forte raison un exemple contemporain pour vérifier la valeur de la théorie et pour y porter la lumière. Admirez avec moi combien fidèlement cet édifice dont les premières assises ont été si longues, si difficiles à établir, mais qui s'est élevé si haut depuis un siècle, obéit à la loi universelle d'ordre, d'unité, de grandeur qui préside au développement des sociétés, de même qu'elle dirige au moins dans l'ensemble celui des individus, et, dans un ordre différent, la production des œuvres de l'art. C'est à croire qu'il y a là plus qu'un commandement de la raison auquel on peut toujours désobéir, un instinct puissant, irrésistible, qui agit au sein des sociétés, sans qu'elles en aient conscience et qui les entraîne.

— « Et auquel toutefois, reprit Natchimoff, en ce qui concerne la Russie, l'œuvre d'un profond politique, le Testament de Pierre-le-Grand, n'est pas sans prêter un utile concours. »

— « Qu'il soit ou ne soit pas de son auteur présumé, continua le philosophe, il lui a été dicté,— admettons sa parfaite authenticité, — au moment où lui-même il le dictait à son secrétaire, par le sentiment intérieur qui anime les grands peuples et se concentre dans l'âme de leurs chefs avec une intensité, une énergie dont l'histoire nous offre de nombreux exemples. On dirait que l'ordre et l'unité nécessaires aux sociétés même les plus restreintes, ne sont pour eux que le point de départ et le fondement de leur grandeur. Les petits États, ceux que des limites naturelles infranchissables ou de puissants voisins emprisonnent dans d'étroites frontières, se dédommagent comme ils peuvent de ne pas agrandir leur territoire, par l'émigration, l'industrie, le commerce, les Lettres. Ceux que la Providence réserve, dans le plan de l'histoire, à de hautes destinées, voient s'ouvrir devant eux des espaces immenses où leur passion de grandir peut se déployer à l'aise, quels que soient d'ailleurs le nombre et la puissance des obstacles. Vos Tsars......

— « Nos Empereurs », interrompit mon frère.

— « Vos Empereurs ont suivi, croyez-le bien, le mouvement national au moins autant qu'ils l'ont dirigé, et tous ensemble, souverains et sujets, ont obéi à la loi intérieure, celle qui gouverne les États, par la raison très simple qu'elle préside à toutes nos pensées. Observez celles-ci avec un peu d'attention, et vous verrez quelle place y tiennent l'ordre, l'unité, la grandeur même, sous ses différents aspects, car elle en a plusieurs. Mais ce n'est point le lieu de vous rappeler de quelle manière, suivant quelles lois se forment nos pensées, et comment les éléments en nombre infini acquis par l'expérience et les sens viennent s'y grouper autour de quelques éléments primitifs qu'on peut réduire à six ou sept. Ces élément parmi lesquels l'ordre, l'unité, la grandeur sont au premier rang, animent, vivifient toutes nos pensées, et par celles-ci donnent le branle à toute l'histoire, car individus et sociétés n'agissent, au moins dans l'ensemble de leur vie, que conformément à ce qu'ils pensent. Tout cela je demande que vous me l'accordiez sur mon seul témoignage, car je ne prétends pas, en si peu de mots, vous l'avoir prouvé. »

— « J'accorde tout ce qu'il vous plaira, — c'est mon frère qui prit alors la parole, — à condition, Monsieur, que vous nous expliquiez comment dans une société, et surtout dans un Empire, la beauté vient à la suite de l'ordre, de l'unité, de la grandeur, ainsi que nous l'avons admis pour l'architecture. Y a-t-il une beauté propre aux grands États et qui n'appartiendrait qu'à eux ? Quels sont ses caractères ? D'où vient-elle ? Qu'est-ce qui la distingue des autres genres de beautés, des beautés de l'art, par exemple ? »

— « La liberté de l'âme dans son plein épanouissement. Cette réponse ne s'adresse en apparence qu'à votre dernière question ; en réalité, elle convient à toutes celles qui la précèdent. La beauté d'une société, c'est la liberté morale se déployant sur un vaste théâtre, avec la vérité pour guide, le bien et le bonheur pour but, la liberté aussi belle, aussi triomphante dans les défaites héroïques que dans les victoires les plus éclatantes. Peuples et souverains dans les monarchies, citoyens et magistrats dans les républiques, contribuent, chacun pour leur part, à faire épanouir cette beauté qu'accroissent encore le charme des Lettres et des Arts, le progrès de la politesse et des mœurs. Quand les souverains et les magistrats sont grands par la religion, la vertu, la justice, le courage, les peuples se forment sur leurs exemples, au point que l'histoire a peine parfois à distinguer ce qui appartient aux uns et ce qui vient des autres. La seule chose qu'elle admire dans les conquérants, parce qu'elle y reconnaît le signe de la beauté, c'est leur génie, don précieux qu'ils avaient reçu pour un autre emploi et qu'ils ont trop souvent fait servir au malheur de nations entières. Mais elle loue sans réserve, elle contemple sans se lasser, elle propose à l'admiration des siècles un Titus, un Saint-Louis, un Washington, l'honneur de leur temps et de l'humanité.

« Voilà les beautés dont elle est justement orgueilleuse ; elle se fait une parure que ni le temps, ni l'oubli ne sauraient flétrir, des œuvres de l'intelligence et de l'amour, de tous les dévouements, de tous les sacrifices, de la justice aussi exactement rendue aux petits qu'aux puissants, de la bienfaisance encouragée, de la charité florissante, de la paix maintenue par une volonté ferme et droite, intelligente du présent, prévoyante de l'avenir, de la liberté accordée avec les précautions nécessaires, aux serfs d'un vaste Empire. Que si une mort prématurée, violente[1], est ici-bas la triste récompense de ces actes généreux, l'histoire lui fait sa place parmi ses spectacles de sublime et sévère beauté. Elle se charge d'illustrer pour les siècles à venir la mémoire de ces glorieuses actions que Dieu seul peut dignement récompenser. »

Nous aurions été, ma chère amie, bien peu intelligents de ne pas saisir l'allusion que renfermaient ces dernières paroles, bien peu reconnaissants de n'en point remercier l'auteur. Je voudrais te dire par le menu en combien de manières il reprit sa pensée, sous combien de formes il la présenta pour nous la faire admettre. Il faudra que tu te contentes, pour aujourd'hui

---

[1] Alexandre II fut, on s'en souvient, assassiné par les nihilistes, en mars 1881.

du moins, d'un pâle résumé. A l'en croire donc tout se fait ici-bas, dans l'esprit de chacun de nous et au sein des sociétés, par l'action ininterrompue des éléments primitifs de la pensée qu'il ramène à sept principaux : *l'ordre, l'unité, la grandeur, la beauté, la liberté, la vérité, le bien ou le bonheur*. Il ne fait qu'un seul élément de ces deux derniers dont l'union lui semble indissoluble. Qu'ils agissent isolément, ou que plusieurs agissent de concert, ils sont animés, soutenus par un sentiment également primitif qui diffère pour chacun d'eux et s'harmonise à sa nature. Si tu me demandes, comme nous l'avons demandé nous-mêmes à notre philosophe, d'où vient à ces éléments primitifs de la pensée et aux sentiments qui les accompagnent, l'étonnant pouvoir qu'ils possèdent de mettre en mouvement l'âme entière, et par l'âme, les Cités, les Sociétés, les Empires, il te répondra, comme il nous a répondu, qu'on n'explique rien dans cette question, non plus que dans une foule d'autres, si l'on ne remonte jusqu'au moteur premier, tout intelligent, tout bon, tout puissant, jusqu'à Dieu. Il est la Pensée éternelle d'où découlent les éléments premiers de toutes nos pensées, l'Amour infini où prennent leur source nos amours les plus purs, les plus forts, celui du bien et du bonheur en première ligne, puis celui du beau, puis tous les autres. »

A ce mot d'amour prononcé plusieurs fois par notre hôte d'un accent ému, mon espoir s'accrut d'avoir enfin découvert et de pouvoir interroger un philosophe mystique. Le sens de cette expression qu'on ne cesse d'employer depuis quelque temps n'est pas clair à mon esprit, et quand on dit des Lettres par exemple qu'elles commencent à se teindre légèrement de mysticisme, qu'elles pourraient bien avoir, dans un avenir prochain, leur phase mystique, le positivisme lui-même ayant eu la sienne qui n'est pas close encore, je l'avoue, mes idées s'embrouillent et je n'y suis plus du tout. Quelle bonne fortune, dans cet embarras, d'avoir sous sa main, à sa disposition, non pas un poète, ou un dramaturge, ou un romancier, mais un penseur, un philosophe mystique ! C'est être d'emblée à l'origine, à la source, et s'il dit clairement, sincèrement ce qu'il est, je saurai ce que sont tous les autres. Voyons, essayons : si nous lui demandions par exemple ce que signifient ces mots *Vœu national,* mais surtout *église du Sacré-Cœur,* bon gré, mal gré, il lui faudra, pour répondre, nous dévoiler sa pensée tout entière, et nous voilà en plein dans la question de l'amour, c'est-à-dire au cœur même du mysticisme.

Courageusement donc je posai mes deux questions, et lui très simplement, sans se faire prier, il me donna la réponse que je sollicitais de sa complaisance. Mon frère et moi nous fûmes d'ailleurs seuls à la recevoir. Natchimoff et son collègue, que l'amour de la philosophie ne possédait pas sans doute au même degré, avaient imaginé le prétexte de quelque monument à visiter avant la chute du jour, pour nous tirer fort poliment leur révérence.

— « Du *Vœu national* vous savez, dit-il, madame, — les termes dans lesquels votre demande est conçue le font assez voir, — tout ce qu'on en sait dans le monde, et même dans le monde religieux. Il n'y a pas deux manières d'exposer un fait aussi bien connu et qui appartient désormais à l'histoire : je n'y pourrais ajouter que des détails sans importance. Admirez cependant, au point de vue qui nous occupait tout à l'heure, avec quelle générosité, quelle paternelle bonté Dieu a comblé la nation française, et quel repentir doit être le sien d'avoir abusé de ses dons ! Dans l'âme, dans le génie de quel peuple (j'emploie, faute de mieux, ces termes qu'il ne faut pas prendre à la lettre, mais dans un sens figuré) a-t-il aussi profondément imprimé, éclairé d'une lumière aussi vive les éléments primitifs de nos pensées, aussi largement développé les sentiments qui en accroissent la puissance, au point de la rendre irrésistible. Notre histoire tout entière témoigne, durant de longs siècles, de la constance, de l'ardeur, mais très souvent aussi de la sage mesure avec laquelle nos chefs, nos guides, nos grands hommes soutenus par l'instinct populaire, se sont efforcés, non sans succès, d'établir ou de maintenir l'ordre, de constituer l'unité, d'atteindre à la grandeur, de conquérir la vérité et la liberté, de concevoir et de reproduire dans leurs œuvres l'idéal du bien et de la beauté. C'est à travers des luttes sans nombre, des obstacles sans cesse renaissants, des périodes obscures alternant avec des périodes de lumière que cet édifice, comme toute œuvre où la liberté humaine a sa large part, s'est lentement, mais glorieusement élevé, au point de devenir pour les autres peuples l'objet de leur admiration, de leur noble émulation, quelquefois aussi de leur jalousie et de leur haine. Mais un jour vint..... permettez-moi, je vous prie, d'oublier ces amers souvenirs ; soyons tout entiers aux sentiments, aux pensées qu'éveille dans nos âmes cette basilique du Sacré-Cœur, symbole de repentir et d'espérance, gage assuré d'un avenir digne du passé qu'il continuera sur des plans nouveaux, avec de nouvelles beautés. »

Ce n'était là pour moi que le prélude, et le Vœu national dont je savais l'histoire, comme tout le monde la sait, me tenait moins à cœur que l'autre nom de la basilique, celui sous lequel, dans la société religieuse, on la désigne le plus souvent, celui qui devait nous conduire droit à l'amour et au mysticisme. Cette fois, au lieu de répondre directement à ma question, ce fut notre hôte qui d'abord nous interrogea.

— « N'est-il pas vrai, nous dit-il, que vous honorez comme nous catholiques romains, et que vous invoquez les amis de Dieu, ceux qu'il a favorisés de grâces toutes particulières, les saints? »

Et sur notre réponse affirmative.

— « Qu'au-dessus des saints vous placez la plus pure, la plus parfaite des créatures, la Vierge Marie, la mère du Sauveur, et que vous l'invoquez avec une filiale confiance? »

Et comme sur ce point encore nous nous entendions parfaitement.

— « Ne vous semble-t-il pas, continua-t-il, qu'en dehors des raisons purement théologiques et d'ordre surnaturel par lesquelles ces invocations, ces hommages sont pleinement justifiés, un penchant naturel nous porte à conjurer dans nos épreuves, dans nos défaillances, dans nos douleurs. celle qui, pétrie du même argile que nous, est plus capable d'y compâtir, plus puissante aussi pour les secourir! Ne savons-nous pas ce que peut une mère sur le cœur de son fils? Mais sans insister sur ces réflexions et à n'envisager que le point de vue philosophique, cette chaîne du ciel à la terre et de la terre au ciel dont les hommes de bonne volonté, les vrais chrétiens, et au-dessus d'eux les saints, forment les plus brillants et les plus solides anneaux, cette chaîne ne serait-elle pas interrompue, s'il y manquait, pour la souder au monde divin, la plus accomplie des créatures, celle qui réunit dans ses épreuves, ses dons, ses douleurs, sa sainteté, tous les dons, toutes les épreuves, toutes les saintetés des saints ? N'est-il point dans l'ordre, et absolument conforme à la loi suprême de continuité, d'hiérarchie, qu'au moment où le Verbe de Dieu s'abaissait jusqu'à revêtir notre nature, celle qu'il avait choisie pour devenir sa mère fût élevée, par ce glorieux privilège, au plus haut degré de perfection dont une créature est capable, c'est-à-dire au-dessus des hommes et des anges ? »

« Ce sont là sans doute des raisons d'ordre naturel, raisons où la théologie proprement dite n'a que peu ou point de part, mais la lumière dont Dieu a, dès l'origine, éclairé notre intelligence ne saurait être contraire à celle que la révélation y a, dans la suite des temps, ajoutée. L'âme humaine renferme dans ses profondeurs je ne sais quelles semences de christianisme et comme une disposition naturelle qui l'incline, quand la volonté n'y fait pas obstacle, vers les enseignements de la foi. Elle a son témoignage à elle, discret, voilé, confus même, si vous le voulez, mais qui précède l'autre, comme l'aurore précède et annonce le grand jour du soleil. Parfois on dirait que les deux lumières se confondent, tant elles ont d'affinité l'une pour l'autre. Une chose certaine, c'est que celle de la raison, sans perdre ses qualités propres, a reçu de la révélation une force, un éclat qu'elle ne possédait pas auparavant. »

Ces préliminaires posés, notre philosophe en déduisait deux conclusions. La première, c'est que la théologie ou science des vérités révélées pouvait seule avec une autorité et une lumière suffisantes, répondre à ma question sur les origines et sur le culte du Sacré-Cœur. La seconde, c'est que la philosophie entendue ici dans son sens le plus large, si elle ne pénétrait pas dans le sanctuaire de l'amour divin, ne s'interdisait pas d'en explorer les abords et de dire ce qu'elle sait ou croit savoir de l'attribut de Dieu le plus admirable et le plus consolant. La théologie d'ailleurs s'arrête elle-même bien en deçà du terme, et elle ne prétend pas tout connaître et tout dire du mystère de l'amour divin. Dieu ne révèle à l'homme que ce qu'il lui plaît des secrets de sa nature insondable, dans ses profondeurs, à des regards mortels.

Soit défiance de lui-même, soit réserve extrême, soit toute autre cause, notre hôte ne semblait pas disposé à nous en dire, sur ce point, davantage. Mais mon frère avait pris goût à cette philosophie clairement exposée, moi de même, et comme Dieu veut ce que femme veut, des instances où nous mîmes toute la politesse et toute la délicatesse possibles nous valurent d'entendre sur l'amour divin et sur l'amour en général, des choses que je voudrais te répéter exactement comme elles nous furent dites, mais je sens que ma mémoire n'y consent pas. L'effort qu'elle a fait jusqu'ici, même avec l'aide de mon frère, est déjà bien grand. Il faut donc que tu te contentes aujourd'hui, en attendant nos entretiens futurs, d'un résumé très simple. Appelle à ton aide, ma chère Nadine, l'imagination dont tu es richement douée pour combler les lacunes et suppléer les transitions : ce n'est pas un petit travail que je t'impose. Et d'abord vois-nous tous trois assis sur nos sièges rustiques, au déclin de l'après-midi, sous cette treille où se glissent parfois quelques rayons égarés du soleil d'octobre penché de plus en plus vers l'horizon, nous très attentifs, lui très simple dans sa parole, parfois assez ému pour nous communiquer son émotion. Écoute avec nous et entends même ce que je ne dirai point. L'épreuve à laquelle je te soumets ne sera pas d'ailleurs de longue durée.

— « Les poètes, dit-il, et les philosophes n'ont

pas cessé un seul jour, depuis la naissance de la philosophie et des Lettres, les premiers de peindre l'amour dans ses effets, les seconds de l'étudier dans sa nature et ses origines les plus lointaines. Mais il faut convenir que si les peintures sont infinies au théâtre et dans les livres, si un grand nombre d'entre elles ont autant de vérité que de charme, en revanche la définition de l'amour et celle de la beauté sont encore à découvrir. La raison de cette différence est des plus simples. L'amour comme le peignent les poètes et, à leur suite, le plus souvent d'après leurs indications, les artistes, peintres, sculpteurs, musiciens, est un amour où les sens, l'imagination, la passion, ont leur place grande ou petite ; l'amour dont les philosophes voudraient pénétrer la nature est purement de l'âme et n'a rien à voir avec l'agitation et le trouble des sens. Et toutefois il y a bien un peu de celui-là même dans les autres, et ce qui relève, ce qui ennoblit chez la créature raisonnable, quand elle n'est pas dégradée par le vice, les amours inférieurs, c'est la présence d'une parcelle, si petite soit elle, de cet amour supérieur et souverainement chaste dont la vertu est telle qu'elle suffit souvent à les purifier.

« Il n'en est pas moins vrai que les troubles, les faiblesses, les défaillances de l'amour purement humain sont un grand obstacle à la connaissance de l'amour, tel qu'il s'épanouirait dans nos âmes entièrement libres de son joug, tel qu'il est en Dieu. On conçoit dès lors que Platon ait fait dire à Socrate, le matin du jour où il allait boire la ciguë, que mourir c'est, pour le philosophe digne de ce nom, l'heureux instant d'une délivrance ardemment désirée. Affranchi de l'insupportable tyrannie des sens qui l'empêchait de connaître la vérité dans sa pure essence, il peut enfin la posséder, non plus dans ses pâles et fragiles images, mais en elle-même, telle qu'elle est, tout entière. On conçoit également les énergiques figures dont se servent les grands mystiques chrétiens, alors qu'ils souhaitent d'être délivrés de ce corps qui les courbe vers la terre et on s'explique leur évidente exagération. Ils n'ignorent pas, surtout ils ne nient pas la doctrine de l'Église qui fait de l'âme et du corps un *tout naturel,* mais ils désirent ardemment que ce corps soit moins lourd, moins rebelle à la raison, qu'il cesse d'être soumis au péché et d'arrêter l'élan de leur amour vers le Bien suprême qu'il aspire à posséder.

« Et toutefois ces nobles âmes déjà si détachées, quoiqu'elles ne l'avouent pas, de la terre et des choses terrestres, ravies d'avoir seulement entrevu la céleste beauté, semblent d'autant moins capables de la décrire qu'elles ont été

inondées d'une lumière plus abondante. Ce n'est
pas un discours suivi qui s'épanche de leurs
lèvres, c'est le plus souvent un cri d'amour qui se
répète sans fin, comme sur la scène antique, dans
les drames de Sophocle, les personnages dominés
par une violente émotion ne savent d'abord que
pousser de longs et monotones gémissements.
Sans doute il n'en est pas ainsi de nos mystiques
chrétiens, et leurs élans d'amour, s'ils n'ont pas
la précision réservée à l'analyse des choses finies,
sont tout pleins d'une éloquence qui enflamme
les âmes bien disposées et n'est pas sans action
sur les autres. Dans les *Élévations,* les *Médita-*
tions de plusieurs d'entre eux divinement inspirés, la doctrine se déploie riche et profonde,
mais elle est tout entière d'ordre surnaturel; elle
va droit au sanctuaire dont nous n'osons pas,
modestes philosophes, dépasser le seuil. Chez
les autres, l'amoureuse contemplation s'exprime
comme elle sent, par de courtes phrases, par
mots entrecoupés, par exclamations qui tradui-
sent tour à tour son bonheur, son ravissement,
sa reconnaissance. Ce que l'âme voit alors, ce
qu'elle admire, ce qu'elle aime d'un amour auquel nul autre amour ne saurait être comparé,
ce n'est point successivement la perfection de
l'ordre, puis celle de l'unité, puis celle de la grandeur, de la vérité, de la beauté, de la liberté,

du Bien, c'est comme une Perfection unique, vivante, agissante, faite de toutes ces perfections. Ce que son regard contemple dans une harmonie que ne trouble aucune dissonance, dans une unité que sa richesse infinie ne divise point, son discours s'efforcerait en vain de le partager par une rigoureuse analyse : ou elle ne l'essaie même pas, ou elle n'y réussit que très imparfaitement.

« Que faire donc nous qui, demeurés dans la plaine, soupirons après ces sommets où nos forces ne sauraient atteindre, sinon diriger tour à tour nos regards sur le monde et sur l'histoire, descendre au plus intime de nous-mêmes, pour chercher partout et faire accorder de notre mieux les traits épars que de plus favorisés contemplent, sans effort, dans leur divine harmonie. Si les éléments primitifs de nos pensées nous ont dit quelque chose de Celui où toute pensée vraie s'alimente et dont on a le droit d'affirmer qu'il est par excellence *La Pensée*, les sentiments, les amours auxquels ces éléments doivent leur fécondité, leur force d'action et d'expansion, ne nous diraient-ils rien de l'Amour infini où ils ne cessent de puiser, sans rien diminuer de son éternelle abondance ? N'est-il pas tout Amour comme il est tout Pensée Celui qui meut le monde, individus et nations, qui conduit doucement, sans les contraindre, l'homme et l'histoire à leurs fins, par la force intérieure de ces éléments et de ces sentiments primitifs dont il a fait comme le ressort inusable et toujours en action de nos âmes ! [1]

« De plus habiles, de plus savants diront un jour ce que l'amour de l'ordre, celui de l'unité, celui de la grandeur, de la beauté, de la vérité, de la liberté, du Bien, étudiés dans l'âme humaine et dans l'histoire, nous apprennent de l'inépuisable foyer où leur flamme s'entretient. Le peu que, pour ma part, j'en ai découvert, ne vaut pas qu'on l'expose. Du moins puis-je vous rappeler, qu'entre tous les amours purement humains, il en est un dont le nom consacré par son origine et ses bienfaits ne sera jamais remplacé par un autre nom, dont le charme a triomphé des cœurs les plus durs, des résistances les plus opiniâtres, dont la force unit en elle les forces de plusieurs autres amours et y joint celle de la pensée. Est-il, en effet, rien de mieux ordonné, de plus grand, de plus beau que *la charité* dans l'âme où elle règne sans partage, rien qui de l'homme nous élève plus directement à Dieu et nous fasse pénétrer plus avant dans le secret de sa nature et

---

[1] Voir *L'Histoire et la Pensée,* surtout l'*Introduction* et le Discours qui a pour titre : *Les éléments de la pensée et les éléments de l'histoire.*

de ses œuvres. Voyez-la dans l'histoire : elle y marque d'un caractère unique et ineffaçable les nations régénérées par l'Évangile ; elle provoque, dans les conditions les plus obscures aussi bien que dans les classes les plus élevées, des vertus, des sacrifices, des héroïsmes d'abnégation et de patiente immolation que n'ont jamais connus les Cités antiques les plus glorieuses de leur civilisation déshonorée par l'excès de l'égoïsme et par l'esclavage. Voyez-la dans l'homme : elle y opère ce prodige de l'élever plus il s'abaisse, de lui donner d'autant plus qu'il se donne lui-même avec un abandon plus complet, d'accroître sa liberté dans la mesure où il la sacrifie, sa pensée en la plaçant tous les jours, à tous les instants, en regard du Bien qu'il faut préférer à tous les biens.

« Dites-moi : n'y a-t-il pas dans cet amour que tous les autres amours semblent avoir formé, en lui donnant chacun ce qu'il a de meilleur, comme une image de l'amour tel qu'il est en Dieu. Ah ! sans doute nous ne saurons jamais ce que contient cet Océan sans fond, ni rives. Et pourtant ce qui est en nous à l'état d'ombre et d'esquisse, n'est-il pas en Lui dans sa pleine réalité et sa perfection ? L'amour libre dans l'homme d'une liberté qu'entravent mille obstacles n'est-il pas libre en Dieu d'une liberté sans limites ? Uni à la pensée, à la vérité dans notre âme par des liens toujours prêts à se rompre n'est-il pas en Lui égal à sa pensée, n'est-il pas sa Vérité même ! Notre charité qui se répand, dans un coin de la terre, sur un petit nombre de nos semblables, a-t-elle en Lui d'autres bornes que son immensité et son éternité ! La nôtre nous grandit, et la sienne le diminuerait ! La nôtre entretient un souffle de vie dans quelques créatures, et la sienne ne sèmerait pas à pleines mains la vie dans les solitudes de l'espace ! La nôtre crée des œuvres d'un jour, elle fait des heureux d'un instant, et la sienne ne créérait pas des mondes, c'est peu de chose, mais des âmes immortelles pour un bonheur sans fin ! Notre charité va jusqu'au don de nous-mêmes ; elle se donne sans s'affaiblir, sans se lasser, tous les jours, à ceux qui le méritent, à ceux qui ne le méritent pas, et la sienne.......!

« A cette dernière question ce n'est pas moi qui répondrai, c'est la basilique où nous venons de prier ensemble qui répondra pour moi et, avec elle, toutes les églises du monde catholique. Élevée par l'amour pénitent, par l'amour reconnaissant, par l'amour tout plein d'un invincible espoir, les augustes mystères qu'on y célèbre, le pain sacré qu'on y distribue tous les jours sont le dernier mot de l'Amour parfait, le don suprême d'une charité infinie dont nous ne comprendrons jamais tout ce qu'elle est, tout ce qu'elle opère et comment elle l'opère, mais dont nous savons qu'elle n'a pas de limites. »

Je m'arrête, ma chère amie, où notre philosophe s'est arrêté, au seuil du sanctuaire, et d'une philosophie à laquelle je reviendrai, nous reviendrons ensemble. Si c'est là le mysticisme, j'avoue qu'il ne ressemble guère à l'idée assez vague et un peu frivole que je m'en étais faite. Celle qu'il m'en a donnée vaut cent fois mieux ; elle est plus sage, elle est plus chrétienne, elle me fera longtemps penser. En vérité, je ne savais pas qu'il y eût tant de philosophie dans les fondements de notre foi. Adieu.

POUR PARAITRE EN 1895 :

La Cité Chrétienne, nouvelle édition en deux volumes qui pourront s'acheter séparément.

PREMIER VOLUME :

Au Tombeau d'Œdipe. — L'Avant-garde de la Cité chrétienne. — *Un Missionnaire à l'École normale.* — Les trois Visions de Saint-Bruno. — L'auteur de l'Imitation. — *L'Imitation et Pierre Corneille.* — Le médecin de Granville. — Une journée à Domrémy. — Notre-Dame du Hêtre. — Le Convoi d'un enfant. — La baie d'Akaroa. — Méditation dans une église inachevée. — Pionniers et Cités naissantes. — *L'Exilé lorrain.* — La Tentation, la Chute. — Rêves et Réalités. — Le sommet de la Cité chrétienne. — Un Cycle religieux (1802-1878).

DEUXIÈME VOLUME :

Le Songe de Platon. — *L'Angelus.* — La Naissance d'une philosophie. — La loi de l'expiation. — Le Temps et l'unité de Temps. — L'Espace et la Matière. — Plaisir et douleur ; Joie et Tristesse. — Au Mont Saint-Michel. — Le Beau et l'Ame humaine. — L'Art dans la Cité chrétienne. — *Montmartre : les Origines de l'Universelle archictecture.* — *Montmartre : Jusqu'au seuil du sanctuaire.* — *L'Ermite d'Auteuil.*

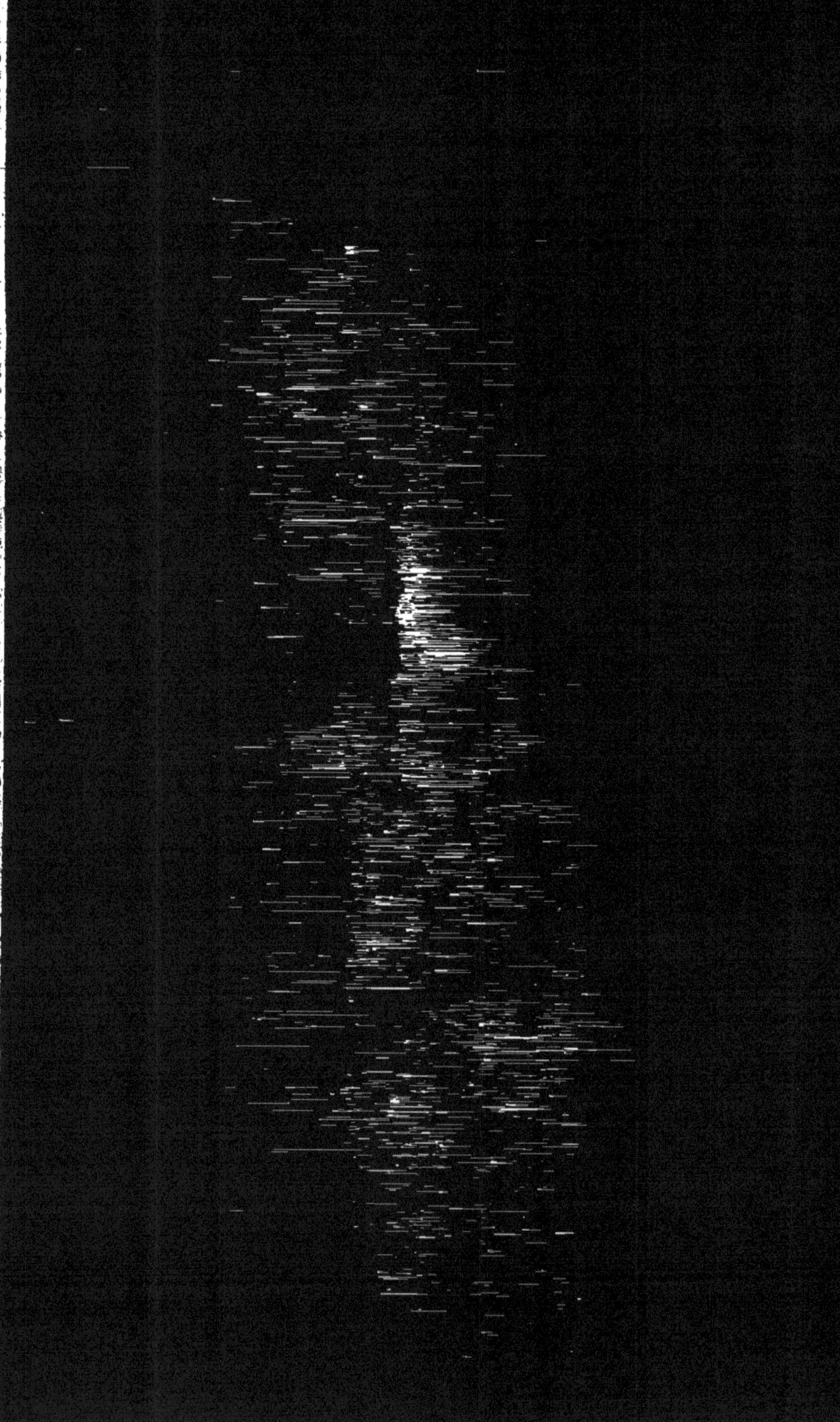

9 782019 242565